MOHAMED BACHKAT

LES HERITIERS DES ELEMENTS : LE FINAL

© 2025 Mohamed BACHKAT
Édition : BoD · Books on Demand,
31 avenue Saint-Rémy,
57600 Forbach, bod@bod.fr
Impression : Libri Plureos GmbH,
Friedensallee 273,
22763 Hamburg (Allemagne)
ISBN : 978-2-8106-2626-7
Dépôt légal : Mai 2025

INTRODUCTION

Hong Kong, la Perle de l'Orient, n'est pas née dans la paix, mais dans le fracas des canons et l'arôme amer de l'opium.

Au milieu du XIXe siècle, quand l'Empire britannique, altéré par la soif d'or et de thé chinois, réalisa qu'il ne pouvait plus marchander sans déséquilibrer ses coffres, il trouva un poison à échanger contre l'Empire du Milieu : l'opium du Bengale.

L'empereur chinois tenta de résister. Il brûla les cargaisons. Il voulut expulser les marchands. Mais la Couronne envoya ses vaisseaux à vapeur, bardés de boulets et d'orgueil, et ce fut le début de la Première guerre de l'opium.

En 1842, le Traité de Nankin tomba comme un couperet : la Chine céda l'île de Hong Kong à l'Empire britannique.

Là, les Anglais établirent un port libre, un pont entre l'Occident et l'Asie, un antre de contrebande où se croisaient pirates, banquiers, espions et aventuriers.

Mais l'histoire ne s'arrêta pas là. En 1856, la Deuxième guerre de l'opium éclata, toujours pour les mêmes raisons : la volonté britannique d'ouvrir davantage la Chine à son commerce, sous prétexte de civiliser ce qu'elle appelait le « Céleste Empire ».

Cette fois, la guerre fut plus brutale, plus directe. Pékin fut occupée. Les palais furent pillés. Et les terres autour de Hong Kong — Kowloon et les Nouveaux Territoires — furent à leur tour louées à la Grande-Bretagne.

Hong Kong devint alors un royaume hybride, un port impérial où les rickshaws côtoyaient les fiacres, où les triades dans l'ombre traitaient avec des colons en chapeaux melon, et où les enfants grandissaient avec deux langues sur la langue, et deux mondes dans le cœur.

Puis vint la Seconde Guerre mondiale, et avec elle, l'obscurité.

En 1941, les Japonais, avides d'Asie, s'abattirent sur la cité comme une vague d'acier. Les

Britanniques résistèrent dix-sept jours avant de se rendre. La ville tomba, les camps s'ouvrirent, la terreur s'installa.

Mais Hong Kong, fière et souple, ne se brisa pas. Comme un roseau dans le typhon, elle ploya… mais attendit.

Lorsque la guerre s'acheva, la ville redevint britannique. Mais rien ne serait plus jamais comme avant.

Un feu dormait dans ses ruelles étroites.

Un murmure dans ses montagnes.

Un héritier dans ses ombres.

Mais ce n'est pas par les armes que Hong Kong allait conquérir le monde.

Après les guerres et les larmes, quand l'Empire britannique commença à décliner, Hong Kong choisit une autre voie : celle de l'argent, fluide comme le thé, insaisissable comme le vent du sud.

Dans les années 1950, alors que la Chine continentale s'enfermait dans les révolutions, la cité insulaire s'ouvrait au monde. Les réfugiés y affluaient, les marchands y prospéraient, les triades investissaient dans l'immobilier comme dans des temples modernes.

Les anciens entrepôts de contrebande devinrent des banques.

Les fumeries d'opium se changèrent en tours de verre.

Et sous la brume grise du Victoria Harbour, naissait un miracle économique.

Car ici, les lois étaient souples, les taxes légères, la monnaie stable. Ici, les Britanniques apportaient leurs règles, les Chinois leur ingéniosité, et les commerçants leur audace.

Les dragons dormaient dans les coffres des banques.

Les années 70 virent le décollage. Des familles comme les Li, les Kwok, les Cheng bâtirent des empires à coups de chantiers, de béton, de parcs technologiques. Le monde regardait Londres ou New York ? Il ne savait pas que Hong Kong devenait un cœur battant du capitalisme asiatique.

Les marchés boursiers vibraient au rythme des rumeurs venues de Chine. Les gratte-ciel poussaient comme du bambou après la pluie. HSBC, Standard Chartered, et d'autres colosses financiers établirent ici leur QG oriental.

Mais Hong Kong ne se contenta pas d'être un satellite. Elle devint un carrefour, un phare, une passerelle entre l'Orient et l'Occident.

Chaque jour, dans les buildings aux parois miroitantes, on

pariait sur les devises, on rêvait en yen, on spéculait en dollars US, on anticipait Pékin, on dînait avec Singapour, et on se réveillait avec Londres.

C'était le casino l'amphithéâtre de la finance mondiale.

La jungle de verre où les renards de Wall Street rencontraient les tigres du Yangzi Jiang.

Hong Kong, entre deux marées, entre deux empires, forgea son âme dans les éclats d'écran et les cris de kung-fu.

Quand les rues se taisaient, que les néons s'éteignaient, il restait la lumière bleutée des projecteurs. Là, dans les salles moites de Kowloon ou les studios cachés dans les hauteurs de Sha Tin, naissait un cinéma d'une énergie brute, bouillonnante, indomptable.

Le cinéma hongkongais, ce n'était pas qu'un art. C'était une vengeance douce.

Un cri dans le silence des dominations.

Une célébration d'un peuple entre deux mondes.

Bruce Lee, le petit dragon, fut son prophète.

Né à San Francisco, élevé dans les ruelles de Mong Kok, il mit le feu au monde entier avec ses coups fulgurants et son regard animal. Son corps était un poème, sa rage une philosophie. Avec lui, les films de kung-fu quittèrent les arrière-salles pour conquérir les cœurs.

Puis vint Jackie Chan, l'enfant cascade, qui tomba mille fois sans jamais plier.

Avec ses rires, ses douleurs et ses improvisations insensées, il fit du combat un ballet.

Il était l'ouvrier du cinéma, celui qui cassait des os comme d'autres cassent des pierres.

Et Chow Yun-Fat, le tueur élégant, portait des lunettes noires et des pistolets dans chaque main. Avec John Woo, il fit naître le "gun-fu", mélange de western et de Wu Xia Pian.

Des colombes blanches volaient dans les temples pendant que les balles traçaient des arcs de lumière.

Hong Kong était le Hollywood de l'Asie, mais avec la sueur du bas peuple et l'honneur du samouraï chinois.

Les films de sabre racontaient les tragédies d'antan, où les héros mouraient toujours pour la justice, jamais pour la gloire.

Les films policiers dans les années 80 et 90 criaient la tension d'une ville entre peur et désir, entre triades et loyauté, entre liberté et chaos.

Et derrière chaque scène, il y avait le kung-fu.

Pas seulement un art martial.

Une respiration. Une spiritualité. Une danse de guerre et de paix.

Dans chaque ruelle, un dojo.

Dans chaque parc, un vieil homme aux mains lentes.

Dans chaque enfant, un rêve de sabre et de dragon.

Hong Kong avait bâti son imaginaire sur les poings et les jambes, sur les histoires de frères ennemis, de traitres honorables, d'amours impossibles et de rédemption par le combat.

Et dans l'air vicié des rues, on sentait encore vibrer l'onde de choc d'un coup de paume, la poésie d'un kata, et l'honneur silencieux des maîtres disparus.

CHAPITRE I : L'ENFANT ENTRE LES TOURS

Abdullah ne connaissait ni ses parents, ni son nom d'origine.

Il n'avait pour seul héritage que le prénom donné par une sœur âgée, dans un orphelinat accroché aux hauteurs de Sha Tin. Là où les brumes descendent tôt et les buildings veillent comme de vieux sages fatigués.

Il était arrivé bébé, silencieux, enveloppé dans une étoffe grossière, avec pour seul trésor un pendentif de bois sculpté. Une calligraphie ancienne y dessinait un caractère mystérieux qui voulait dire bois.

Très tôt, Abdullah développa une curiosité dévorante, un

calme limpide et une précision qui tranchait avec l'agitation des autres enfants.

À l'orphelinat, les jeux étaient simples mais anciens.

On construisait des ponts en bambou miniatures, des pagodes en bois, des labyrinthes de riz en grain, jeux venus des dynasties passées, transmis par les vieilles moniales comme autant d'exercices pour l'âme et le geste.

Abdullah bâtissait avec patience.

Ses mains petites emboîtaient les tuiles rouges, les piliers, les toits incurvés.

Quand d'autres enfants les faisaient s'effondrer dans un éclat de rire, lui les reconstruisait. Toujours plus haut. Toujours plus juste.

— « Il a l'œil d'un architecte », murmurait Sœur Mei.

— « Non, d'un stratège », corrigeait le vieux concierge Liang.

Le soir, il observait la ville-lumière de la fenêtre.

Les bateaux dansaient dans la baie comme des lucioles. Les gratte-ciels scintillaient comme des sabres dressés vers le ciel. Et dans le murmure des immeubles, il rêvait de palais oubliés, de temples noyés sous les algues, de tours qu'il bâtirait lui-même un jour.

Il ne parlait pas beaucoup. Mais il écoutait tout.

Quand le vieux Liang parlait des bâtisseurs de la Cité Interdite ou des maîtres feng shui qui sculptaient l'espace invisible, Abdullah notait dans son esprit les directions, les équilibres, les secrets du vide et du plein.

Et parfois, seul dans la cour humide, il répétait des gestes étranges, qu'il inventait peut-être, ou retrouvait dans ses os : des mouvements souples, proches du kung-fu, comme si son corps se souvenait d'un art qu'on ne lui avait jamais appris.

L'adolescence d'Abdullah arriva comme un coup de vent du port, chargée d'odeurs de nouilles, de ferraille mouillée, de cuir et de poudre.

Il avait grandi. Plus grand que les autres, plus calme aussi. Mais ses yeux brillaient d'une tension sourde, comme un fil tendu prêt à vibrer.

Le jour, il allait en classe dans une école publique de Kowloon, sérieuse mais bruyante. Il excellait en géométrie, en dessin technique et en calligraphie, ses coups de pinceau précis comme des lames.

Mais dès que la cloche sonnait, il filait.

Son royaume, c'était les ruelles de Mong Kok, les escaliers sombres des vieux immeubles, les salles de jeux, les étals de DVD pirates.

Et surtout, le cinéma.

Il s'asseyait dans la dernière rangée des petites salles d'Yau Ma Tei, là où passaient les films de la vieille époque : Bruce Lee, Jackie Chan, Sammo Hung, les combats filmés à l'ancienne, les chorégraphies millimétrées, les drames d'honneur, de triades, de vengeance et de loyauté.

Il regardait les films comme d'autres lisent les textes sacrés.

Chaque geste comptait.

Chaque saut avait un poids.

Chaque silence, une promesse.

Et puis un jour, il entra dans un dojo de kung-fu traditionnel, caché derrière un salon de massage et une boutique de lanternes. On l'appelait la Salle du Tigre Silencieux. Le maître, un ancien cascadeur, le regarda longtemps. Puis il dit simplement :

— « Tu portes la mémoire dans tes épaules. Tu peux entrer. »

Là, Abdullah s'entraîna dur. Il apprit la rigueur, la respiration, la douleur. Il saignait parfois, il tombait, mais jamais il ne se plaignait. Il absorbait les coups comme des leçons.

Mais un soir, en rentrant, il tomba dans une bagarre.

Une vraie. Dans une ruelle, entre deux groupes de jeunes

liés à la triade. Il ne sut jamais pourquoi ça avait éclaté, mais il eut un réflexe : il protégea un plus petit, et frappa.

Avec une précision que personne n'attendait.

— « Ce gamin est trop bon pour la rue », dit plus tard un vieil ami du dojo. « Il faut l'envoyer… ailleurs. »

Un mois plus tard, une lettre arriva, cachetée en rouge.

Et Abdullah monta dans un train vers le nord. Il traversa les campagnes, les rizières, les collines silencieuses, et arriva enfin à un vieux monastère enfoui dans la brume : le temple des Moines Shaolin.

Ils le prirent en silence.

Ils avaient vu d'autres enfants paumés.

Mais jamais un qui regardait les statues comme s'il les connaissait déjà.

Il apprit à se lever avant l'aube.

À courir pieds nus dans la neige.

À méditer sous les cascades.

À frapper avec le cœur, et non avec la colère.

Son corps devint dur comme le bois de tek.

Mais son esprit devint fluide comme un fleuve.

Il était prêt à devenir plus qu'un adolescent fougueux : un homme aux racines profondes, aux poings silencieux.

CHAPITRE II : LE RETOUR DU TIGRE SILENCIEUX

Quand Abdullah redescendit de la montagne, il n'était plus le même.

Les moines Shaolin lui avaient appris à maîtriser son souffle, à observer avant d'agir, à écouter la rumeur du monde comme on écoute le vent dans les bambous.

De retour à Hong Kong, tout semblait plus bruyant, plus rapide, presque absurde. Mais il savait désormais marcher dans le tumulte sans en être possédé.

Il revint dans la ville par la baie de Victoria, un matin brumeux.

L'air sentait la mer, le kérosène, les feuilles brûlées et l'encens.

Il retrouva les ruelles qu'il connaissait, les marchés, les tours de Central, les affiches lumineuses. Mais il ne s'attarda pas.

Quelqu'un l'attendait.

Un homme discret, en costume sobre, ami d'un ancien maître, lui tendit une carte.

Dessus, un seul mot : "Groupe Zhang – Immobilier & Développement."

Abdullah, à 20 ans à peine, fut introduit dans les arcanes d'un monde bien différent : celui des négociations, des terrains rachetés en silence, des immeubles montés sur des promesses, des milliards qui dorment dans les lignes d'un contrat.

Il apprit vite.

Il n'avait pas le regard des autres jeunes cadres.

Il parlait peu.

Mais il lisait les visages comme des manuscrits.

Très vite, il gravit les échelons.

D'abord assistant discret, puis chef de projet sur des zones sensibles : des redéveloppements urbains dans les vieux quartiers, des partenariats avec des fonds du Qatar, de Singapour ou de Londres.

On l'appelait en coulisses "le Moine en costume".

Il fermait des deals en silence.

Il réglait des litiges sans un mot plus haut que l'autre.

Il vivait entre les hauteurs de Mid-Levels et les bureaux de Central.

Mais parfois, la nuit, il descendait seul dans un vieux dojo abandonné, et frappait encore le sac en cuir, comme pour ne jamais oublier d'où il venait.

Il était jeune, riche, respecté.

Mais il savait que ce n'était que le début.

Car un jour, il aurait des réponses à chercher.

Et un nom à porter : celui de son père disparu, Mo, et de cette femme qu'il ne connaissait pas, Naima.

CHAPITRE III : LE REFUGE DANS LES MONTAGNES

Et dans son silence habité, sous les tours de Kowloon et les lanternes rouges, il portait en lui un rêve.

Celui de quitter un jour la ville.

De bâtir ailleurs.

Autrement.

Et sans le savoir encore, il suivait les traces d'un héritage plus ancien que la ville elle-même.

Un héritage inscrit dans le bois.

Et dans son sang.

Après son expérience dans le tumulte de Hong Kong, Abdullah prit une décision radicale : tourner le dos au béton et à l'acier pour renouer avec la matière vivante, le bois. Installé dans une vallée discrète des Nouveaux Territoires, il transforma une ancienne scierie abandonnée en un atelier à ciel ouvert. Là, chaque matin, il façonnait le bois comme d'autres récitent des prières. Ses mains, autrefois expertes dans les tableaux de rentabilité et les négociations d'acquisitions, s'étaient durcies au contact de la matière noble.

Il se mit à construire des chalets traditionnels, inspirés à la fois des ryokans japonais et des maisons de thé cantonaises. Son style se voulait simple, ancré, presque sacré. Les toitures se courbaient doucement comme pour saluer la montagne, les parois laissaient filtrer la lumière dans des nuances chaudes. Mais son ambition allait au-delà du simple habitat.

Abdullah se lança dans la création de temples en bois, sans clous, à la manière des anciens maîtres charpentiers. Il n'en parlait à personne, mais dans chaque pièce, chaque encastrement, il pensait à son père Mo, à sa mère Naima, et à cette lumière intérieure qu'ils lui avaient transmise sans jamais la nommer. Il sculptait parfois des symboles venus d'Orient, des lettres arabes, des motifs indiens, comme pour réunir en un seul lieu toutes les mémoires qui l'habitaient.

Rapidement, ces lieux construits par ses mains attirèrent pèlerins, artistes, ermites et penseurs. On disait que méditer dans un chalet d'Abdullah, c'était comme se retrouver en paix avec ses ancêtres.

Souhaites-tu que la suite montre Abdullah devenir un maître spirituel malgré lui, ou qu'il parte à la recherche d'un vieux secret lié à son père ?

Et ainsi, dans la vallée paisible où les arbres conversent avec le vent, Abdullah trouva enfin ce qu'aucun empire immobilier, aucune ascension financière ne pouvait lui offrir : la paix. Il vivait entouré de bois, de montagnes silencieuses et d'un petit cercle d'âmes éveillées. Chaque jour, il travaillait avec lenteur, sciant, sculptant, assemblant, comme s'il priait dans une langue ancienne, celle du bois, du souffle et du silence.

CHAPITRE IV : LES DEUX MERES

Un matin de printemps, alors que les pivoines commençaient à éclore au pied du plus ancien érable de la propriété, deux femmes franchirent la passerelle de bois qui menait à son atelier. L'une était Naima, la mère qu'il n'avait pas revue depuis des années, au regard toujours aussi clairvoyant. L'autre, une silhouette douce et assurée, se présenta comme Hafida — une gardienne d'histoires, une tisseuse de liens entre des fils éloignés.

Elles ne vinrent pas seules. Elles portaient une nouvelle : Abdullah avait des frères. D'autres héritiers des éléments, de la sagesse de l'eau et du feu sacré. Bientôt, ils se retrouveraient, appelés par le destin, chacun mûri par sa propre solitude, chacun porteur d'un fragment du grand récit commencé bien avant leur naissance.

Mais pour l'instant, Abdullah sourit. Il avait bâti une maison, un monde, une paix. Le bois l'avait sauvé. Et dans cette quiétude, il était prêt à accueillir les siens.

CHAPITRE V : LE PACTE DES HERITIERS

Naima observait le ciel andalou, ses reflets orangés se perdant dans les oliveraies. Elle portait encore ce long voile de soie verte qu'elle réservait aux moments graves. Hafida, assise non loin sous le porche en pierre, tenait entre ses doigts un chapelet d'ambre, qu'elle faisait tourner en silence. Les deux femmes s'étaient enfin retrouvées, après tant d'années, dans cette finca cachée dans les collines.

Le vent portait avec lui les senteurs mêlées du bois sec, des fleurs d'oranger et de la mer lointaine.

C'est dans cet écrin naturel qu'ils arrivèrent.

Abdullah fut le premier à descendre de sa vieille Jeep aux portes de bois sculpté. Sa carrure paisible, ses mains abîmées par le travail artisanal et son regard clair le rendaient plus montagnard que magnat. Il sourit en apercevant Naima, s'avança vers elle, et l'enlaça longuement.

— C'est donc ici, Mère ? murmura-t-il.

Elle hocha la tête, les yeux humides.

De l'autre côté de la cour, un cheval noir s'approcha, monté par un homme aux cheveux mouillés, vêtu d'un manteau bleu sombre. C'était Mo 2, dont l'élément semblait ruisseler à même sa peau. Il descendit, jeta un regard circulaire, silencieux, puis serra Naima contre lui. Abdullah s'approcha, les deux frères se jaugèrent, puis se tendirent la main. Une poignée ferme, franche. L'eau et le bois se reconnaissaient.

Enfin, Juba 3 arriva. Son pas claquait sur les pierres du patio, ses yeux charbon vibraient d'une énergie qu'il ne cherchait plus à dissimuler. Derrière lui, Hafida s'avança, posant une main sur son épaule. Il fixa d'abord Naima, puis regarda Abdullah, puis Mo 2.

— C'est donc ça, les frères ? dit-il en souriant. Le bois, l'eau, et moi… le feu.

Abdullah répondit :

— Il manque l'air. Mais il viendra peut-être.

Ils s'installèrent sous la pergola en bois noueux. Les mères servirent le thé aux herbes. Aucun mot n'était encore nécessaire. Ils savaient. Une ère s'ouvrait.

CHAPITRE VI : LA MENACE D'OUTRE-ATLANTIQUE

Alors que les héritiers, réunis autour des mères sous les pergolas andalouses, écoutaient les premières paroles sages de Naima et Hafida sur leur destinée commune, un murmure d'inquiétude surgit de l'autre côté de l'océan Atlantique. Un vent nouveau soufflait sur les États-Unis, porteur de menaces plus insidieuses qu'un simple chaos géopolitique.

Là-bas, au cœur même du pouvoir américain, un président d'origine mexicaine venait de voir son étoile monter. Mais loin d'être un homme de paix ou de réconciliation, il représentait un futur incertain, porté par une ambition dévorante.

Son nom : Carlos Alvarado, ancien gouverneur de Californie, issu d'une lignée d'immigrés mexicains, et un orateur charismatique, capable de capturer l'imaginaire des masses. Alvarado, en campagne électorale, avait promis de restaurer la grandeur des peuples latins, de redonner à son peuple la dignité perdue. Mais une fois au pouvoir, ses paroles se changèrent en décret, ses rêves en violence.

Alvarado n'était pas seulement un homme de politique ; il était un stratège impitoyable. Son ascension, d'abord marquée par une vague de populisme et de réformes sociales, se transforma en un coup d'État invisible. Soutenu secrètement par des cartels latinos puissants, il réussit à s'imposer, notamment à travers une série de scandales de corruption qui minèrent l'administration de son prédécesseur, Trompé, dont la popularité s'effondrait sous le poids de son incapacité à gérer le pays.

À l'ombre de son pouvoir, Alvarado entreprit de dissimuler ses véritables intentions. Il fit envahir progressivement les États-Unis par les cartels mexicains, qui gagnèrent chaque état du sud, corrompant les forces de l'ordre, les autorités locales et les institutions américaines. Ce ne fut pas une invasion militaire classique, mais une guerre douce, insidieuse, menée par des millions de dollars en trafic de drogue et en manipulation politique. Les cartels, désormais non seulement maîtres de certains territoires, mais aussi des institutions locales et des bases militaires, commencèrent à se faire entendre plus haut, et plus fort.

Le président Trompé, déjà affaibli, tenta de résister. Mais ses mesures autoritaires se heurtèrent à un mur de résistance de plus en plus dense. Alvarado commença à déployer ses partisans à tous les niveaux de la société, prenant peu à peu le contrôle des systèmes de renseignement et des agences de sécurité.

Les cartels, dans leur avance, ne se contentèrent pas de garder les États-Unis sous contrôle ; ils commencèrent à s'étendre au-delà des frontières, avec l'ambition de conquérir l'Amérique latine dans son ensemble. Le président Alvarado se lança alors dans une série de guerres partout dans le monde, justifiant ses actions par une idéologie expansionniste qui visait à asseoir la domination latino-américaine sur le monde entier. Il voulait un empire mondial basé sur une force brute, une domination systématique qui écrasait la liberté et la démocratie.

Les héritiers, bien loin de cette tourmente, écoutaient attentivement les nouvelles que les mères leur apportaient.

Naima, d'un ton grave, expliqua :

— Nous devons comprendre que ce qui se passe aux États-

Unis ne concerne pas que l'Amérique. Ce qui commence là-bas peut se propager dans le monde entier. La guerre, l'oppression, l'ambition démesurée d'un homme peuvent détruire tout ce que nous avons construit.

Hafida, elle, n'était pas moins sombre :

— Ce président, Alvarado, il semble qu'il ait un dessein plus grand. Ce n'est pas qu'un homme qui veut dominer un pays, mais un homme prêt à sacrifier la paix pour sa vision d'un empire. Et derrière tout cela, les cartels sont les véritables architectes de ce futur chaotique. Ce n'est pas seulement une menace pour l'Amérique, mais pour l'ordre du monde.

Les héritiers, qui avaient jusque-là compris leur rôle de protecteurs des éléments naturels et des valeurs profondes de leur culture respective, prirent conscience de l'ampleur de la bataille qui s'annonçait. Ils n'étaient pas seulement appelés à se défendre eux-mêmes, mais à défendre un équilibre bien plus vaste. Un équilibre qu'Alvarado risquait de bouleverser en allumant des feux de guerre partout sur la planète.

Mo 2, l'héritier de l'eau, dit avec calme mais fermeté :

— Si ce danger s'élève comme une mer déchaînée, nous

devons être les vagues qui la repoussent. Mais la tâche ne sera pas facile. Nos frères et sœurs du monde entier souffriront à cause de cette soif de pouvoir.

Juba 3, l'héritier du feu, leva les yeux :

— Et si le feu qu'il allume est incontrôlable, il nous faudra y faire face sans hésitation. Nous ne pouvons permettre que la flamme dévore tout, que ce soit dans les cœurs des hommes ou dans les terres.

Abdullah, l'héritier du bois, murmura alors :

— Peut-être que l'on doit construire des abris. Pas seulement des maisons, mais des refuges, des alliances. Avant qu'il ne soit trop tard.

Ainsi, alors que les héritiers se préparaient à unir leurs forces, le monde était plongé dans une nouvelle crise. Les mères, elles, savaient que le combat ne serait pas simplement une guerre de soldats, mais un combat pour l'avenir de la planète entière, un combat où les forces de la nature se dressaient face à un pouvoir corrompu, prêt à tout détruire pour conquérir.

CHAPITRE VII : LA CONSTRUCTION DES NAVIRES DE BOIS

Les semaines s'étiraient sous le ciel serein de la campagne hongkongaise, où Abdullah, l'héritier du bois, s'était profondément ancré dans son environnement. Mais l'appel de la guerre, de la menace qui pesait sur le monde, ne pouvait plus être ignoré. Les nouvelles des ambitions démesurées du président Alvarado et de l'influence grandissante des cartels parvinrent aux oreilles d'Abdullah, modifiant à jamais son horizon.

Il savait que son rôle, celui d'un bâtisseur, n'était pas uniquement destiné à la création de maisons en bois ou de temples. Non. Ce qu'il avait commencé à construire allait se transformer en un symbole de résistance et d'unité pour l'ensemble des héritiers. La guerre n'était plus une question d'unité d'éléments naturels, mais de survie face à un ennemi implacable, déterminé à détruire tout ce que les héritiers avaient protégé jusque-là.

La Naissance d'une Flotte

Abdullah, bien que profondément ancré dans ses racines de bâtisseur, comprit qu'il lui fallait préparer quelque chose de plus. Quelque chose d'inédit, quelque chose qui pourrait être utile pour ses frères et pour lui-même face à la menace qui approchait. Le bois, matériau noble et ancien, pouvait devenir une arme, mais d'une manière inattendue.

Il se tourna donc vers la mer. Pourquoi la mer ? Parce que la mer est une frontière. Une barrière que les puissants ne peuvent facilement franchir, un espace où l'imprévu, la surprise et la vitesse peuvent faire la différence.

Abdullah n'était pas seulement un constructeur de maisons, il était aussi un stratège, et il savait que dans ce monde qui changeait, les batailles ne se gagneraient pas uniquement par la force brute. Il fallait surprendre. Il fallait se déplacer vite, comme une ombre qui traverse les vagues.

Et c'est ainsi qu'il se lança dans la construction d'une flotte. Une flotte de navires, mais pas des navires comme on en trouve dans les armées traditionnelles. Abdullah, héritier du bois, créa des vaisseaux faits de bois noble, d'une structure alliant la simplicité et la puissance. Chaque navire était une œuvre d'art en soi, un mariage de résistance et de flexibilité, capable de supporter de lourdes attaques tout en étant agile et rapide.

Les navires étaient conçus pour être parfaitement adaptés aux conditions extrêmes des mers, construits pour résister aux tempêtes tout en pouvant se déplacer dans les eaux les plus étroites. Mais ce qui les distinguait surtout, c'était leur potentiel stratégique. Ces vaisseaux avaient été conçus pour pouvoir transporter non seulement des ressources, mais aussi des hommes et des armes, et se déplacer silencieusement la nuit, tel un prédateur dans l'obscurité.

L'Alliance avec le Bois

Abdullah passa des heures interminables à superviser les artisans, les sculpteurs et les charpentiers de bois qu'il avait rassemblés autour de lui. Il leur enseigna des techniques ancestrales de construction navale, mais les adapta à sa propre vision. Les coques des navires étaient renforcées, non seulement par des matériaux traditionnels, mais aussi par des techniques modernes, qu'il avait apprises à travers ses voyages et son expérience. Le bois était traité de manière à le rendre plus résistant, mais aussi plus léger, pour que les navires puissent fendre les vagues avec facilité.

Il fit creuser des cales où ses vaisseaux prenaient forme, chaque pièce de bois coupée avec précision. La mer était en quelque sorte son alliée dans cette création. Le bois qu'il utilisait provenait des forêts anciennes d'Asie, des arbres qui avaient vu passer les siècles et que l'héritier savait honorer par ses mains.

L'art du navire n'était pas simplement technique pour lui. C'était une extension de sa propre âme, une manière de réconcilier son héritage avec les défis du monde moderne. Le bois, comme la nature elle-même, était symbole de croissance, de changement et de résilience. Et Abdullah savait qu'il devrait tout cela à ses navires.

Un Mystère : Pourquoi ces Navires ?

À ceux qui l'entouraient, Abdullah ne donnait jamais de réponses claires sur l'utilité de ces navires. Pourquoi des navires en bois ? Ce secret, il le gardait pour lui, comme une partie de son plan qu'il n'était pas encore prêt à révéler.

Certains disaient que les navires étaient destinés à transporter ses alliés, à traverser des océans inconnus pour trouver de nouveaux fronts de résistance. D'autres pensaient qu'Abdullah avait un projet secret, un projet qui allait le mener bien au-delà des frontières de Hong Kong, un projet qui inclurait non seulement ses frères mais également des alliés qu'il n'avait pas encore rencontrés.

Les navires, dans leur forme achevée, étaient prêts. Ils étaient dotés de voiles impressionnantes, mais aussi de moteurs silencieux qui permettaient à Abdullah de se déplacer furtivement sous l'horizon, invisibles aux yeux de ses ennemis. À bord, des compartiments cachés pour le transport d'armes et de ressources, mais aussi des quartiers pour ses alliés, ses guerriers. Ces navires étaient faits pour des voyages longs, difficiles, et, peut-être, des batailles décisives.

Abdullah, l'héritier du bois, savait que ses navires n'étaient pas seulement un moyen de transport. Ils étaient des symboles. Un symbole de la résistance, de la ruse et de l'adaptabilité face à l'adversité.

La Guerre Approche

Et alors que les navires se dressaient sur l'eau calme, prêts à sortir de leur port caché et à prendre le large, Abdullah savait que le moment était bientôt venu. Il ne s'agissait pas de fuir le combat. Non, il s'agissait de créer un atout stratégique, de préparer une réponse aux forces qui allaient déferler sur le monde. Ces navires porteraient en eux la promesse d'une rébellion, d'une lutte contre l'injustice et l'oppression.

Mais quel rôle joueraient-ils réellement ? Abdullah ne le savait pas encore. Le secret de ses navires se dévoilerait au moment où il en aurait le plus besoin.

CHAPITRE VIII : L'ALLIANCE DES HERITIERS

Le vent soufflait doucement sur la mer, élevant les voiles des navires d'Abdullah qui se déployaient lentement, comme une promesse d'avenir. Le bois sculpté par les mains d'Abdullah, tout comme son âme, était forgé dans l'objectif d'unité et de force. Les navires étaient prêts, et un silence lourd régnait sur le chantier. Abdullah s'assit un instant, observant son œuvre.

Puis, dans une lumière douce, Mo 2, l'héritier de l'eau, fit son apparition. Il était vêtu d'une tunique légère, les pieds nus sur la terre chaude de la côte hongkongaise, son regard intense et déterminé. Mo 2 avait l'habitude de la mer, de ses vagues, de sa puissance. Mais ces navires, créés par son frère Abdullah, représentaient quelque chose de bien plus grand que de simples moyens de transport.

Mo 2 s'approcha d'Abdullah, un léger sourire aux lèvres.

« Ces navires, mon frère, sont une œuvre magnifique », dit-il, la voix empreinte de respect. « Ils ne sont pas seulement des bâtiments flottants. Ils sont des symboles. »

Abdullah acquiesça lentement, ses yeux scrutant l'horizon.

« Oui, » répondit-il simplement. « Ces navires ont une autre signification, bien plus grande que ce qu'on pourrait imaginer. Leur mission est de transporter la résistance, de créer des ponts invisibles entre ceux qui se battent contre l'injustice. Mais surtout, ils sont faits pour résister aux tempêtes, aux attaques, à tout ce qui pourrait se dresser contre nous. »

Mo 2 comprenait parfaitement. L'héritier de l'eau était habitué à la force de la nature, à l'imprévisibilité des vagues et des courants. Il savait que ces navires, construits avec soin et sagesse, seraient les alliés parfaits pour ce qui allait suivre.

« Je vais les conduire sur les mers », annonça Mo 2 d'une voix calme, mais ferme. « Je vais aller là où la résistance se cache, là où les peuples se battent en silence. Ils auront besoin de ces navires pour se déplacer vite, pour frapper là où on ne les attend pas. Et plus important encore, ils auront besoin de l'unité de nos forces. Nous sommes les héritiers de la terre, du bois, de l'eau. Ensemble, nous pouvons créer une tempête plus grande que tout ce qui se dressera devant nous. »

Abdullah le regarda en silence. Il savait que son frère ne se contenterait pas de faire une simple mission. Mo 2 était un stratège, un visionnaire. Il savait utiliser les éléments à sa disposition, et ces navires en bois étaient un atout qu'il exploiterait de manière géniale.

« Ces navires sont à toi, Mo 2 », dit Abdullah en lui tendant la main. « Va où le besoin de la résistance te conduit. Ne laisse aucune limite t'arrêter. Ce n'est pas seulement le bois qui est important dans ces navires, c'est ce qu'ils symbolisent. La liberté, la solidarité, la force qui réside dans l'unité. »

Mo 2 prit la main d'Abdullah et la serra fermement.

« Merci, frère. Je n'oublierai jamais ce que tu as fait ici. »

Abdullah hocha la tête, une lueur de fierté dans ses yeux. Il savait que Mo 2 n'était pas un homme qui se contenterait de rester dans l'ombre. Il était fait pour mener, pour inspirer et pour rassembler des masses de gens prêts à se soulever contre l'injustice.

Les navires étaient là, prêts à naviguer, mais la véritable épreuve ne faisait que commencer. Les cartels, l'ambition démesurée du président Alvarado et la guerre qui se profilait à l'horizon étaient des menaces auxquelles les héritiers allaient devoir faire face, ensemble.

Mo 2 se tourna vers la mer, les voiles des navires flottant maintenant dans le vent. Il savait que chaque départ serait un pas vers une guerre qui allait redéfinir le monde.

« Nous allons faire trembler la mer, » dit-il simplement, avant de se tourner une dernière fois vers son frère.

« Et ensemble, nous ferons trembler le monde. »

Abdullah observa son frère s'éloigner, sa silhouette se perdant peu à peu à l'horizon. Le destin des héritiers était en marche, et les navires qu'il avait créés allaient être les premiers à poser les bases d'une résistance qui allait bouleverser les continents.

CHAPITRE IX : LES VOYAGES DE MO 2

Mo 2, l'héritier de l'eau, avait toujours été en harmonie avec les vagues, le sable, et les vastes étendues maritimes. Avec les navires que son frère Abdullah avait créés, il s'apprêtait à entreprendre un voyage épique à travers le monde. Ces navires n'étaient pas seulement des moyens de transport. Ils étaient des symboles de rébellion, de résistance, et de l'unité des peuples. À chaque escale, Mo 2 récolterait de nouvelles alliées et renforcerait la résistance.

L'Australie : La Conquête de l'Outback

Mo 2 commença son périple par les côtes australiennes. Le pays, autrefois une terre de répression et d'exploitation, connaissait un vent de contestation depuis plusieurs années. Il accosta d'abord à Melbourne, où les travailleurs et les militants environnementaux luttaient contre l'exploitation des terres et des ressources naturelles par les grandes multinationales. Il était venu pour offrir aux peuples autochtones, aux écologistes et aux ouvriers un moyen de se déplacer, d'échanger et de se défendre contre l'oppression grandissante. Les navires furtifs d'Abdullah permettaient des déplacements discrets, loin des radars, sur des côtes souvent surveillées.

À Sydney, Mo 2 rencontra des groupes de résistants qui se battaient pour la préservation de la biodiversité, et dans l'Outback, il forgea des liens avec des communautés aborigènes. Ils lui offrirent leur soutien et, en retour, Mo 2 leur apprit à naviguer, à résister à l'envahisseur. Leurs terres étaient précieuses et leur culture, menacée. Mais la résistance était forte.

Il laissa derrière lui une petite flotte qui continuerait de soutenir ces causes, avant de se diriger vers les mers plus chaudes du Golfe Persique.

Le Golfe Persique : La Tempête de l'Injustice

Les vagues du Golfe Persique étaient calmes en apparence, mais Mo 2 savait qu'elles cachaient une instabilité plus profonde. La région était en proie à des luttes de pouvoir, des tensions géopolitiques, et une guerre silencieuse entre les nations riches en pétrole et celles appauvries par les conflits incessants. Mo 2 accosta d'abord à Dubaï, où il rencontra des dissidents politiques et des travailleurs migrants qui subissaient des abus en silence.

Il naviga ensuite jusqu'à la mer d'Oman, un point stratégique où les intérêts mondiaux s'entrechoquaient. Mo 2 rencontra des groupes rebelles iraniens et des résistants irakiens, qui luttent contre l'influence oppressive des puissances extérieures. Ensemble, ils échafaudèrent des plans pour libérer la région de la domination des cartels de l'eau et des pétroliers, qu'il savait être l'un des principaux moteurs du chaos.

Les navires qu'il avait conçus, agiles et insubmersibles, étaient parfaits pour naviguer à travers les détroits et les canaux, souvent protégés par des forces maritimes étrangères. Mo 2 fit comprendre que la mer n'avait pas de frontières et que la liberté se mesurait à l'audace d'aller là où personne n'osait.

La Méditerranée : L'Alliance des Rives

De l'autre côté du monde, Mo 2 se dirigea vers la Méditerranée. En arrivant en France, il fut frappé par la beauté du littoral et la splendeur des villes anciennes. Mais sous cette façade se cachait un mécontentement croissant, notamment dans les communautés du sud, où les jeunes cherchaient à se soulever contre les injustices économiques et sociales.

À Marseille, une ville de culture et de résistance, Mo 2 rencontra un groupe de militants, principalement des jeunes, qui luttaient contre la montée de l'extrémisme politique et l'isolement de certaines communautés. Mo 2 leur apporta ses navires et leur enseigna à naviguer sur les flots tumultueux de la contestation. Ensemble, ils montèrent une campagne pour organiser la résistance dans les différentes cités méditerranéennes.

Puis, il se dirigea vers la côte nord de l'Afrique, où il rencontra des réfugiés cherchant à fuir les tyrannies qui déchiraient leurs pays. Mo 2 leur apporta ses navires et leur enseigna à naviguer sur les flots tumultueux de la contestation. Ensemble, ils montèrent une campagne pour organiser la résistance dans les

différentes   cités
méditerranéennes.

Puis, il se dirigea vers la côte
nord de l'Afrique, où il rencontra
des réfugiés cherchant à fuir les
tyrannies qui déchiraient leurs
pays. Mo 2 leur offrit un chemin
vers la liberté, leur montrant
comment les mers pouvaient
être un refuge et un lieu de lutte.
En Égypte, il lia des alliances
avec des factions opposées à la
domination militaire. Les vagues
de la Méditerranée, silencieuses
en apparence, portaient en
réalité un grand potentiel pour
ceux qui osaient les prendre à
bras le corps.

La France : La Résistance
Organisée

Enfin, après avoir fait escale dans diverses régions méditerranéennes, Mo 2 se dirigea vers les rives de la France. La situation politique y était explosive. Le pays était en proie à une crise de confiance profonde envers ses institutions, et la société se déchirait entre les anciennes élites et une jeunesse en pleine révolte. Les protestations contre l'oppression se multipliaient, et Mo 2 se retrouva au cœur de ces soulèvements.

Là, en terre française, il posa un défi de plus grand envergure. Il ne s'agissait plus seulement de soutenir la résistance locale. Mo 2 avait une vision plus large : l'unification des peuples méditerranéens contre ceux qui cherchaient à écraser leurs libertés. Il se lia d'amitié avec des activistes, des universitaires, des intellectuels et des rebelles qui se battaient pour une Europe plus juste, plus solidaire.

L'Unité des Océans : La Guerre à Venir

Les voyages de Mo 2, au-delà de leur aspect tactique et stratégique, portaient un message d'espoir. Le monde n'était pas condamné à l'injustice et à la guerre. La mer, pour lui, était le chemin vers la liberté, et chaque escale, chaque alliance, était une graine semée pour une résistance qui allait croître, se diffuser, jusqu'à faire trembler l'ordre mondial corrompu. Les navires d'Abdullah étaient plus que des vaisseaux : ils étaient des symboles de l'unité des peuples, unis par l'eau, le bois, et la terre. Et bientôt, ils seraient prêts pour le grand affrontement.

Chaque voyage rapprochait Mo 2 de l'objectif ultime : la lutte pour un monde libre, où la mer serait le refuge de ceux qui se battaient pour leur liberté. Mais une guerre se préparait, et il savait que chaque onde du passé, chaque vague du présent, les conduirait tous vers une tempête plus grande que tout ce qu'ils avaient connu jusqu'alors.

CHAPITRE X : L'ARME SECRETE DE JUBA 3

Juba 3, l'héritier du feu, était un homme de stratégie, de calcul et de passions brûlantes. Ayant observé de près les menaces qui se dressaient devant ses frères et les flottes aériennes et navales du dictateur des États-Unis, il savait que leur victoire ne viendrait pas seulement par la force brute ou les alliances. Il fallait plus, quelque chose d'inattendu, d'ingénieux, qui ferait pencher la balance en leur faveur.

Juba 3, tout en conservant une apparence calme et mesurée, travailla en secret dans un laboratoire caché au cœur des montagnes. Il n'était pas seulement un héritier du feu, il avait également un esprit de génie capable d'intégrer les technologies modernes avec des savoirs anciens. L'arme qu'il préparait n'était pas une simple bombe ou un appareil de destruction massive. C'était une technologie secrète.

CHAPITRE XI : LES SERVICES A L'AFFUT

Les services secrets du dictateur, puissants et redoutables, étaient à l'écoute, suivant chaque mouvement des héritiers, des frères et de leurs plans. Des agents infiltrés partout, dans les gouvernements, les marchés financiers, et même au sein des forces rebelles, avaient récolté des informations sur les actions de Mo 2, Juba 3 et Abdullah. L'ombre de la guerre s'étendait lentement, et le dictateur savait que quelque chose de grand se préparait.

Il avait longuement analysé les rapports, scruté les mouvements suspects et les phénomènes apparemment innocents mais étrangement coordonnés. Les navires d'Abdullah, les créations en bois furtives, les alliances des héritiers dans le monde entier… tout cela formait un puzzle qui, une fois assemblé, montrait une menace qu'il ne pouvait ignorer. Mo 2, avec ses stratégies mondiales et ses alliances grandissantes, préparait quelque chose de plus grand qu'une simple résistance.Ils avaient aussi appris que les héritiers étaient prêts à mener une guerre mondiale, que ce soit sur les mers, dans les airs ou sur les terres. Juba 3, en particulier, semblait être la clé de cette offensive, et son dispositif pourrait renverser l'équilibre du pouvoir mondial.

CHAPITRE XII : LE DICTATEUR CONFIANT DANS SA PUISSANCE

Malgré ces informations, le dictateur américain n'éprouvait aucune crainte. Au contraire, il était plus déterminé que jamais à prouver que personne, pas même les frères héritiers, ne pourrait lui résister. Les États-Unis sous sa dictature étaient devenus une superpuissance isolée et centralisée, dotée de technologies de guerre avancées et d'une armée inébranlable. Ses navires, impressionnants et quasi invincibles, étaient équipés des dernières innovations militaires. Il avait mis en place une flotte d'élite capable de faire face à n'importe quelle menace en mer, et ses aéronefs de combat, d'une sophistication inouïe, contrôlaient l'espace aérien avec une précision mortelle.

En observant les rapports sur les navires d'Abdullah et l'arme secrète de Juba 3, le dictateur ne ressentait qu'une confiance absolue. Il croyait fermement que, même avec cette technologie, les héritiers n'étaient qu'une petite faction éparpillée à travers le monde, sans pouvoir véritable sur l'ensemble du globe. En revanche, lui avait tout : une armée gigantesque, un arsenal de destruction massive, et un contrôle inébranlable sur ses territoires.

Il savait qu'il ne s'agissait pas simplement de détruire les navires et les armes des héritiers, mais de les anéantir en tant que force rebelle. S'il les empêchait de coordonner leurs actions et d'unifier leurs forces, il les couperait de tout espoir de victoire. À ses yeux, ce n'était pas les frères héritiers qui étaient la véritable menace, mais l'idée même qu'ils pourraient rallier les peuples du monde à leur cause.

CHAPITRE XIII : UNE OFFENSIVE MONDIALE

Tout en maintenant sa confiance en ses capacités militaires, le dictateur savait que l'heure était venue de prendre l'initiative. Il rassembla ses généraux, ses conseillers en guerre et ses stratèges, et énonça son plan : une offensive mondiale pour écraser les héritiers et tous ceux qui se mettraient en travers de sa route. Ses forces aériennes et navales se déploieraient simultanément sur plusieurs fronts : en Asie, en Afrique, en Europe, et bien sûr, dans les océans où les navires d'Abdullah risquaient de se cacher.

L'armée du dictateur devait être le marteau qui écraserait la résistance. Chaque zone stratégique serait attaquée avec des armes de haute technologie, et chaque flanc serait surveillé par des satellites, des drones et des vaisseaux de combat. La guerre serait menée sur plusieurs niveaux : aérien, naval, terrestre et cybernétique. Aucun secteur ne serait épargné.

Les héritiers, pensait-il, seraient confrontés à un mur de fer. L'unité de ses forces et la puissance de son arsenal leur seraient fatales. Le dictateur misait également sur la peur qu'il inspirait. L'humanité, divisée et sans soutien direct, se plierait aux ordres du nouveau régime mondial qu'il comptait imposer. Il ne laisserait aucune chance aux résistants.

CHAPITRE XIV : LES REACTIONS DES FRERES

De l'autre côté, les héritiers savaient que le temps était compté. Mo 2, Juba 3 et Abdullah se préparaient à l'attaque, chacun avec ses propres ressources et ses propres tactiques. Mo 2 renforça ses alliances à travers le monde, prêt à organiser des soulèvements dans des zones stratégiques. Abdullah, quant à lui, mit ses navires furtifs en position, sachant que l'attaque de Juba 3 ne serait que le début d'une grande offensive. Juba 3, avec son arme secrète, savait que ce ne serait pas suffisant pour inverser la situation à lui seul, mais il était prêt à utiliser son arme de destruction pour affronter la menace mondiale.

Les frères, unis par le sang et la cause, se tenaient prêts à tout affronter. Mais un sentiment de tension lourde persistait. Le dictateur avait peut-être l'armée la plus puissante du monde, mais les héritiers avaient quelque chose de plus : la volonté d'un peuple en résistance, l'ingéniosité d'une guerre asymétrique et la détermination inébranlable de ceux qui se battaient pour leur liberté.

La guerre mondiale était sur le point d'éclater, et chacun savait que ce serait une bataille sans précédent. L'avenir de l'humanité était suspendu à cet affrontement entre la dictature et les héritiers, entre la destruction et l'espoir.

CHAPITRE XV : DEBUT DE LA GUERRE

La guerre éclata avec une violence inouïe. En quelques heures, les flottes se déployèrent dans une danse meurtrière entre les puissances en présence. D'un côté, la gigantesque flotte américaine du dictateur, dotée de navires de guerre futuristes et d'aéronefs de combat supersoniques. De l'autre, les forces françaises, alliées avec les nations d'Afrique du Nord, qui avaient formé une coalition solidaire pour lutter contre le tyran. Ces flottes, bien que moins technologiquement avancées que celles du dictateur, se battaient pour leur survie et la liberté des peuples du monde.

La Flotte Américaine : L'Armée de la Tyrannie

La flotte du dictateur était un monstre de technologie. Ses navires, équipés de systèmes de défense presque impossibles à percer, et ses aéronefs capables de dominer les cieux, étaient d'une rapidité et d'une précision inégalées. Le dictateur avait conçu sa flotte comme une extension de sa puissance : une force de dissuasion qui, selon lui, suffirait à écraser toute résistance. Avec des vaisseaux de combat dernier cri, des drones furtifs et des missiles guidés à la perfection, les États-Unis étaient prêts à écraser tout ce qui se dressait sur leur chemin.

Les manœuvres étaient méticuleusement coordonnées depuis les quartiers généraux des États-Unis, chaque mouvement calculé, chaque attaque minutieusement planifiée. Mais même avec cette suprématie technologique, il y avait une force qui échappait au calcul : la résistance mondiale.

CHAPITRE XVI : UNE UNITE SOLIDAIRE DES FLOTTES DE LA RESISTANCE

La flotte française, bien que plus modeste en nombre, n'était pas en reste. Des navires rapides et agiles, souvent équipés de technologies anciennes mais éprouvées, étaient soutenus par les flottes d'Afrique du Nord. Ces dernières, principalement composées de navires de guerre plus anciens mais encore redoutables, avaient réussi à obtenir des alliances stratégiques avec des pays de la région méditerranéenne, d'Europe et du Moyen-Orient. Ensemble, ils formaient un ensemble hétérogène mais solide, déterminé à s'opposer à l'invasion du dictateur.

Les navires français, spécialisés dans la guerre sous-marine et les frappes ciblées, étaient capables de se cacher sous les eaux, rendant difficile pour les drones et les satellites américains de les repérer. En outre, la coordination avec la flotte d'Afrique du Nord permettait des manœuvres surprise qui mettaient en difficulté les flottes américaines. Bien que les forces françaises et africaines soient inférieures en nombre, elles avaient l'avantage de la vitesse et de la ruse, utilisant chaque atout disponible pour déstabiliser l'ennemi.

CHAPITRE XVII : L'EST RESISTE

La résistance venait également de l'Est. Les navires de guerre issus de pays alliés, qui avaient été formés par Mo 2, étaient en mer depuis plusieurs semaines, s'organisant et se positionnant en dehors des lignes de front. Bien qu'ils aient un équipement moins avancé que celui des États-Unis, leur force résidait dans leur agilité et leur capacité à résister face à un ennemi plus puissant. Les stratégies de guerre asymétriques, développées par les héritiers, se retrouvaient ici : les navires étaient capables de se déplacer en toute discrétion, de se fondre dans l'immensité de l'océan, et de frapper de manière surprenante.

Pourtant, l'un des plus grands défis auxquels ces navires de l'Est faisaient face était la vitesse et la portée des vaisseaux du dictateur. Les navires américains, avec leurs technologies de propulsion avancées, étaient capables de se déplacer à des vitesses dévastatrices, rendant les flottes de l'Est vulnérables à des attaques frappant avant qu'elles ne puissent riposter. La flotte de l'Est pouvait résister, mais elle était dépassée par la supériorité de la vitesse et des armes de l'ennemi.

CHAPITRE XVIII : L'ESCARMOUCHE EN MEDITERRANEE

Le premier grand affrontement eut lieu en Méditerranée. Des nuées de navires américains fondirent sur les positions françaises et africaines, en provenance des côtes américaines. Des tirs de missiles illuminaient l'horizon, alors que des avions de chasse plongeaient en piqué, détruisant les défenses des petites flottilles. Mais les navires français et africains, plus mobiles, réussirent à éviter certaines des attaques, en utilisant des tactiques de guérilla en mer.

Les Français et leurs alliés frappaient avec des torpilles et des mines sous-marines, causant des dégâts à plusieurs navires américains, mais ces derniers répondaient avec une puissance écrasante. La bataille était intense, mais les navires américains avançaient inexorablement, détruisant les défenseurs. Dans les airs, les bombardiers américains, soutenus par des chasseurs de dernière génération, contrôlaient les cieux, repoussant les attaques aériennes ennemies.

CHAPITRE XIX : LA FLOTTE DE L'EST

Les navires de l'Est étaient à la fois l'espoir et la faiblesse de la résistance. Leur vitesse leur permettait de fuir les premiers assauts, mais lorsque l'ennemi attaquait en force, leur position devenait plus vulnérable. L'armement, bien que redoutable à courte portée, était moins performant à longue distance, et la technologie des radars et des systèmes de détection des États-Unis surpassait de loin celle des résistants.

Les marins de l'Est savaient qu'ils ne pourraient pas tenir indéfiniment face à une armée aussi rapide et puissante. Il leur fallait prendre des risques, mener des attaques de diversion, et surtout, essayer de ralentir l'avancée des flottes ennemies jusqu'à ce que les renforts arrivent.

CHAPITRE XX : UNE GUERRE SANS FIN

Ce qui commença par une série de manœuvres discrètes se transforma en une véritable guerre mondiale. La flotte américaine avançait, mais la résistance des forces françaises, africaines et de l'Est, bien que décimée, n'avait pas cédé. La guerre s'étendait, chaque victoire étant rapidement suivie par une contre-attaque. L'objectif était clair : ralentir l'avancée du dictateur, et tenir jusqu'à ce que le monde entier, réuni sous les étendards des héritiers, puisse entrer en guerre contre l'oppresseur mondial.

Mais dans cette guerre, chaque bataille était plus complexe et chaque victoire plus incertaine. Le dictateur pensait avoir déjà gagné, mais la résilience du monde et de ses résistants commençait à faire vaciller ses certitudes.

La Flotte Américaine Écrase les Forces Européennes et Africaines

La bataille en mer se poursuivit avec une brutalité sans égale, et la puissance des flottes américaines finit par écraser les forces françaises et africaines. Les navires du dictateur, dotés de technologies supérieures, infligèrent des pertes massives aux résistants. Les forces européennes, bien qu'héroïques dans leur résistance, ne pouvaient rivaliser avec l'armement et la vitesse des vaisseaux ennemis. La mer Méditerranée, autrefois un terrain de manœuvres stratégiques pour les résistants, se transforma en un cimetière flottant, les flottes d'Europe et d'Afrique étant rapidement submergées par l'assaut impitoyable des États-Unis.

Les derniers navires de la flotte européenne et africaine étaient désormais hors d'état de combattre. Mais les vaisseaux de l'Est, ces vieux navires en bois, restaient insubmersibles, silencieux et étrangement invisibles dans le tumulte de la guerre. Leur vitesse, bien que lente, leur permettait d'esquiver les attaques directes, mais leur véritable atout résidait dans leur capacité à se fondre dans le décor.

CHAPITRE XXI : L'ARME SECRETE DE MO 2

C'est dans cette situation de quasi-défaite que Mo 2, l'héritier de l'eau, dévoila l'arme secrète qu'il avait mise au point avec l'aide de ses alliés. Le Canon OndeAimant, une invention colossale, se dressait fièrement sur le pont de l'un des derniers navires en bois. Imposant et mystérieux, le canon était une gigantesque bobine d'induction magnétique, capable de créer un champ électromagnétique d'une puissance phénoménale. Lorsqu'il était activé, le champ qu'il générait était capable de neutraliser instantanément toute technologie métallique ou électronique, en écrasant les circuits électroniques et en désactivant les moteurs des vaisseaux.

Dans un dernier acte de rébellion, Mo 2 ordonna d'activer le Canon OndeAimant. Le vaisseau en bois se mit en position, et le champ magnétique commença à se déployer, grandissant à une vitesse vertigineuse. À un moment donné, un grondement sourd secoua la mer. Les premiers vaisseaux américains, armés de technologies ultra-avancées, furent frappés de plein fouet par l'onde électromagnétique. Leur armement s'éteignit en un instant, leurs moteurs arrêtèrent de tourner, et leurs systèmes de communication tombèrent en panne.

La Destruction de la Flotte Américaine

Un à un, les navires américains furent frappés par le champ magnétique du Canon OndeAimant. Les vaisseaux imposants du dictateur, construits avec des matériaux sophistiqués et des systèmes de propulsion avancés, se retrouvèrent totalement hors de contrôle. Les avions de chasse, qui se déplaçaient avec une rapidité fulgurante, chutèrent comme des pierres, incapables de maintenir leur trajectoire. Les drones et les sous-marins, jusque-là invincibles, furent neutralisés en un instant.

Les équipages des navires américains étaient paniqués. Les hommes d'équipage couraient dans tous les sens, essayant de comprendre ce qui se passait. Les communications étaient coupées, les radars inutilisables, et la flotte, autrefois invincible, sombrait dans le chaos.

En quelques heures, ce qui restait de la formidable flotte américaine fut anéanti. L'onde magnétique du Canon OndeAimant ne laissa derrière elle que des débris métalliques flottants et des navires échoués. L'armée du dictateur, qui avait cru qu'elle écraserait le monde entier, se retrouvait totalement désorganisée et perdue.

CHAPITRE XXII : LA DEFAITE DU DICTATEUR

Le dictateur, perdu dans la dévastation de sa flotte, n'eut d'autre choix que de capituler. Son armée, son orgueil et sa confiance en sa puissance se réduisirent en poussière face à l'ingéniosité des résistants. Le monde entier, qui avait résisté à la tyrannie, se retrouvait finalement triomphant.

Les flottes du monde, bien que décimées dans les premières heures de la guerre, avaient réussi à repousser l'invincible force américaine, non par la puissance brute, mais par l'ingéniosité, l'unité et la surprise. Mo 2, avec son arme secrète, avait non seulement renversé l'équilibre de la guerre, mais aussi démoli les fondations du régime du dictateur.

Dans un geste de soumission humiliante, le dictateur se rendit, son rêve de domination mondiale s'effondrant sous le poids des navires de bois, des technologies oubliées et des stratégies inattendues.

La guerre se termina par une victoire des peuples du monde, et le dictateur, autrefois tout-puissant, fut capturé et contraint de rendre des comptes pour ses actes tyranniques. Les héritiers, unis par la force de leurs mères, avaient réussi là où beaucoup avaient échoué : défaire l'impossible.

Le monde pouvait enfin respirer.

CHAPITRE XXIII : LA RETRAITE MERITEE

Après la chute du dictateur et la victoire inattendue des héritiers, un silence apaisant recouvrit les continents. Les peuples, longtemps sous tension, purent enfin respirer. Les océans devinrent à nouveau calmes, les cieux dégagés, et les frontières, autrefois fermées par la peur, s'ouvrirent à la coopération.

Contre toute attente, Trompé, l'ancien président déchu, fut rappelé par le peuple américain. Rajeuni par l'épreuve, assagi par la guerre, il accepta avec humilité de reprendre les rênes d'un pays profondément marqué. Mais ce retour ne fut pas sans surprise : en accédant aux coffres ultra-secrets des laboratoires de l'État, il découvrit une technologie inachevée, laissée par Nikola Tesla lui-même.

Il remit cette technologie aux héritiers, reconnaissant que ce n'était plus l'heure des hommes politiques, mais celle des sages, des bâtisseurs de paix. C'était une machine de téléportation composée d'un cercle de cuivre pur, alimenté par l'eau, le feu et le bois des héritiers. Elle fut scellé dans une ancienne grotte andalouse. C'est de là que la magie opéra.

D'un simple pas, ils voyageaient entre des endroits merveilleux :

– Un lac caché dans une caldeira en Nouvelle-Zélande,

où Mo 2 méditait entouré d'eau pure.

– Une crique secrète aux Seychelles, où Abdullah bâtissait un temple en bois pour les voyageurs de passage.

– Une grotte volcanique à Lanzarote, où Juba 3 étudiait le feu sous toutes ses formes.

Naima et Hafida, les mères, accompagnaient souvent leurs fils. Parfois, elles se retrouvaient seules, dans les jardins suspendus de Bali, à parler de l'avenir, à prier pour la paix et à regarder leurs enfants bâtir un monde meilleur.

Et c'est ainsi que s'acheva l'histoire des trois héritiers. Ils avaient affronté la guerre, conquis la peur, et transcendé le pouvoir. Désormais, ils n'étaient plus seulement les fils de Mo. Ils étaient les gardiens d'un nouvel équilibre.

Un monde en paix.

Un monde uni.

Un monde ouvert.

CHAPITRE XXIV : EPILOGUE

Il ne restait plus de guerre, ni d'ambition, ni de dictateur.

Le monde, guéri de ses blessures, avait choisi la voie du vivant.

Non plus celle du profit, du contrôle ou de la peur.

Mais celle du partage, de l'équilibre, et de la beauté.

Les anciennes frontières furent abolies.

La Terre devint un seul jardin, une mosaïque d'écosystèmes en parfaite harmonie.

Dans les grandes savanes d'Afrique, les enfants jouaient librement aux côtés des lions, qui ne chassaient plus par nécessité mais veillaient en silence comme de nobles gardiens.

Dans les jungles du Bengale, les tigres se déplaçaient avec grâce entre les temples en pierre et les villages suspendus.

Les ours de Russie, paisibles et immenses, servaient de montures aux voyageurs de l'Est dans les steppes reboisées.

Partout, les êtres humains vivaient en équilibre avec les bêtes.

Il n'y avait plus de béton inutile, plus de pollution, plus de craintes.

Les cités n'étaient plus des prisons, mais des œuvres d'art naturelles, construites avec les matériaux de la Terre, sans jamais la blesser.

Le vent portait les chants de paix, la mer renvoyait la lumière du ciel, et la météo, comme guidée par une volonté douce, restait tempérée, clémente, et juste.

Chaque continent avait son sanctuaire :

– En Océanie, les dauphins guidaient les pirogues célestes.

– En Amazonie, les arbres chantaient doucement la mémoire des peuples anciens.

– En Europe, les forêts reprenaient leurs droits, mais en accueillant les humains, non en les fuyant.

– En Asie, les montagnes flottaient dans les airs, portées par les prières de ceux qui méditaient en silence.

Les héritiers se fondirent dans cette paix. Mo 2 parcourait les lacs du monde en chantant aux rivières.

Juba 3 enseignait aux enfants comment embrasser le feu sans jamais se brûler.

Abdullah sculptait le bois des arbres avec respect, pour créer des lieux de refuge, d'amour et d'apprentissage.

Et parfois, au sommet d'une montagne, au cœur d'un désert, ou au creux d'une vallée, on voyait apparaître un cercle de lumière :

C'était la machine à téléportation, le fruit de la sagesse ancienne et de la foi en l'humanité.

Elle ne menait pas à un autre lieu, mais à une autre conscience.

Celle d'un monde où l'on vit sans peur, sans haine, sans oubli.

Un monde devenu paradis.

Une humanité enfin réconciliée avec elle-même.

Et la Terre, libre, belle, éternelle.